這本書屬於：

獻給索妮亞和麥克，
他們擁有跟大象一樣寬廣的心。

♥IREAD
畢奶奶和她的大象

文 圖｜雷札‧達凡德
譯 者｜汪仁雅

創 辦 人｜劉振強
發 行 人｜劉仲傑
出 版 者｜三民書局股份有限公司 (成立於 1953 年)

三民網路書店
https://www.sanmin.com.tw

地　　址	臺北市復興北路 386 號　　（ 復北門市 ）　(02)2500–6600
	臺北市重慶南路一段 61 號 (重南門市)　(02)2361–7511
出版日期	初版一刷 2020 年 7 月
	初版四刷 2024 年 7 月
書籍編號	S859171
I S B N	978-957-14-6851-8

Originally published in the English language as
Mrs Bibi's Elephant © Flying Eye Books 2020
Text and illustrations © Reza Dalvand
Chinese translation right © 2020 San Min Book Co., Ltd.

小山丘官網

畢奶奶和她的大象

雷札・達凡德／文圖　汪仁雅／譯

小山丘

畢奶奶養了一頭非常大的寵物象。

每天，她和大象都一起出門散步。

早上，他們跟街上的孩子
一起玩耍。

下午的時候，
一起享用午茶和蛋糕。

到了晚上，畢奶奶會講很多故事給大象聽，
讓他伴著好夢入眠。

但是小鎮居民不喜歡
畢奶奶的大象。

他們覺得他
太大又太吵……

還常常造成
路上大塞車。

他們不懂為什麼會有人想要養寵物。
寵物只會製造麻煩！

小鎮居民認為家裡應該擺滿美麗的物品，
像是水晶吊燈和珠寶。

他們說與其和大象聊天，
畢奶奶還不如去讀報紙，
了解股市行情和掌握即時財經資訊！

可是畢奶奶並沒有任何昂貴的東西……
她對股市行情或財經資訊也不感興趣。

對她來說，最大的幸福就是跟大象
一起聊著往日時光，一起歡笑。

居民們開始大聲抗議，要大象離開小鎮。
因為他們擔心有一天，自己的孩子也會想要養寵物。

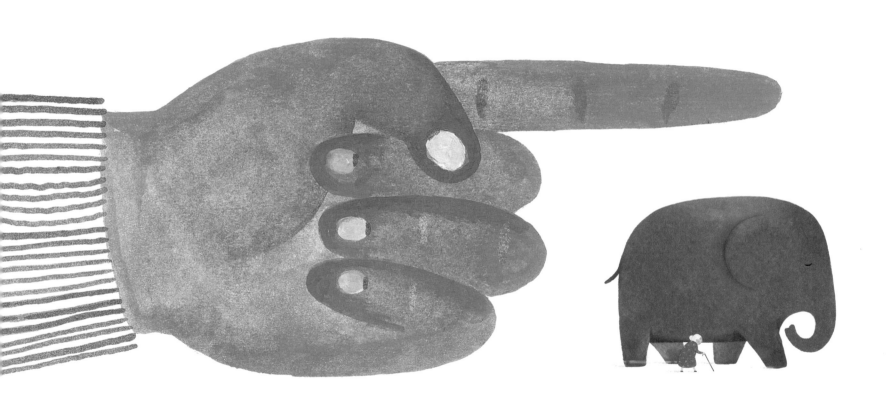

於是法官做出裁決，隔天早上就要把大象送去動物園。

那晚，畢奶奶非常傷心。
她緊緊抱著大象，講了好多故事
給他聽，直到大象沉沉睡去。

她必須想辦法阻止小鎮居民把大象送走。

第二天，當小鎮居民來到畢奶奶家要帶走大象時，
發現屋裡空無一人。

他們找遍了整個小鎮，卻還是找不到。
到處都看不到畢奶奶，還有她那隻巨大的大象……

畢奶奶和大象離開之後，
小鎮變得不一樣了。

孩子們
不再
到街上
玩耍。

人們臉上
沒有了
笑容……

每個人
都覺得好像
少了些什麼。

巨大的渴望填滿了大象
在孩子們心中留下的空缺。

小鎮居民不知道該怎麼辦。
他們終於明白,當畢奶奶和她的大象
還在的時候,小鎮有多快樂。

於是，他們決定改變。

孩子們都能養自己的寵物，也為小鎮帶來了活力。

有些孩子想要養狗，
有些選擇養貓。

有些孩子甚至也
養了大象當寵物。

每個人都懂了，家不只是用來
擺放美麗物品和累積財富，
而是讓人用心生活的地方。

家，也是一個讓人們願意在小小的心裡，
為大大的大象保留空間的地方。
因為畢奶奶和她的大象未曾離開。

他們
一直都在。